Unterwürfiger Fotograf

Erika Sanders
Serie
Herrschaft und erotische Unterwerfung

Zusammenfassung

Julia ist eine professionelle Fotografin, die durch ihre Fotografien gerne wichtige Momente im Leben der Menschen verewigt.

Während er in seinem Arbeitszimmer die letzten Fotos enthüllt, die er von einer Familie gemacht hat, betritt ein neuer Kunde die Räumlichkeiten.

Dieser Kunde, eine sehr gut positionierte und berühmte Führungskraft, hat einen unkonventionellen Auftrag für Julia: Fotografieren von Erwachsenenszenen.

Julia nimmt diesen Auftrag nur ungern an, aber das Angebot der Führungskraft ist sehr saftig ...

Unterwürfiger Fotograf ist ein Roman mit stark erotischem BDSM-Gehalt und wiederum ein neuer Roman aus der Erotic Domination-Sammlung, einer Reihe von Romanen mit hohem romantischen und erotischen BDSM-Gehalt.

(Alle Charaktere sind 18 Jahre oder älter)

Anmerkung zum Autorin:

Erika Sanders ist eine international bekannte Schriftstellerin, die in mehr als zwanzig Sprachen übersetzt wurde und ihre erotischsten Schriften, fernab ihrer üblichen Prosa, mit ihrem Mädchennamen signiert.

Index

UNTERWÜRFIGER FOTOGRAF
ERIKA SANDERS

ERSTER TEIL
Das Stellenangebot

1

KAPITEL 1

Julia saß im dunklen Raum ihres kleinen Fotostudios und entwickelte fotografische Bilder.

Fotografie war schon immer seine Leidenschaft gewesen und er machte es zu seiner Karriere.

Das dreißigjährige Mädchen sah aufmerksam zu, wie die Bilder fertiggestellt wurden.

Er hängte sie zum Trocknen auf und nahm sich einen Moment Zeit, um seine Arbeit für eine liebevolle Familie zu bewundern.

Julia hörte auf zu arbeiten, als sie die Glocke läuten hörte, nachdem die Haustür geöffnet worden war.

Er ging zur Rezeption und sah eine leitende Frau in den Vierzigern, die wie jemand gekleidet war, der in einem sehr eleganten Büro arbeitete.

"Guten Tag", sagte Julia mit einem warmen Lächeln. "Willkommen in meinem Fotostudio. Mein Name ist Julia. Wie kann ich Ihnen helfen?"

Die berufstätige Frau lächelte zurück.

"Hallo Julia. Mein Name ist Catherine."

Sie gaben sich die Hand, als Julia hinter der Theke stand.

"Schön dich kennenzulernen Catherine. Kann ich heute etwas für dich tun? Suchst du etwas Besonderes?"

"Eigentlich bin ich das. Ich liebe deine Arbeit. Ich denke, du bist großartig darin, Porträts zu machen und besondere Momente festzuhalten."

Julia wurde rot.

"Danke. Bist du hier für eine Empfehlung?"

"Forschung, eigentlich. Ich finde die Bilder, die Sie auf Ihrer Website haben, großartig. Sie sind eine sehr talentierte Frau."

"Ich gebe mein Bestes".

"Wie funktioniert dieser Prozess?" Fragte Catherine. "Die Leute kontaktieren dich, sagen dir, was sie wollen und machen dann Fotos von ihnen? Ich bin offensichtlich neu in diesem Bereich."

"Normalerweise funktioniert das so. Manchmal kommen Leute in mein Studio, wenn sie Porträts machen wollen, oder manchmal stellen sie mich ein, um zu ihnen zu kommen."

"Welche Art von Fotos machst du normalerweise?"

"Es kommt darauf an", antwortete Julia. "Wenn ich ausgehen muss, ist es normalerweise für Hochzeiten, Zeremonien, Promotionen, solche Dinge. In meinem Studio mache ich normalerweise Familienporträts."

"Stört es dich, wenn ich dir eine persönliche Frage stelle?"

"Voraus."

"Verdienst du damit viel Geld?"

"Es ist ein würdiges Leben."

"Julia, ich werde deine Zeit nicht verschwenden", sagte Catherine in einem Geschäftston. "Ich möchte einen Fotografen für eine Reihe von Fotoshootings einstellen. Ich bezahle gutes Geld und benötige absolute Diskretion. Alle Bilder richten sich an Erwachsene."

"Das sollte kein Problem sein", antwortete Julia zuversichtlich. "Ich habe schon viel Nacktarbeit gemacht. Ich fühle mich mit so etwas wohl."

"Welche Art von Erfahrungen haben Sie in dieser Hinsicht?"

"Ich hatte einige Nacktkunstkurse am College. In meiner Karriere als Fotograf habe ich sinnliche Nacktporträts für Frauen gemacht. Das ist eine ziemlich häufige Anfrage. Ich gehe davon aus, dass Sie so etwas wollen."

Catherine lächelte.

"Nicht ganz. Was ich mache, beinhaltet etwas mehr Erotik."

"Ist es pornografisch?" Fragte Julia vorsichtig.

"Ich bin keine Person, die gerne Etiketten auf Dinge klebt. Ich erkunde die Grenzen der menschlichen Sexualität auf ganz besondere Weise. Ich habe besondere Freunde und möchte, dass Sie einige unserer

Sitzungen mit Ihren einzigartigen Fähigkeiten dokumentieren. Als Fotograf".

Julia war etwas überrascht.

"Ich kann nicht. Es tut mir leid. Nichts für ungut, aber ich konnte wahrscheinlich nicht meine beste Arbeit in dieser Umgebung leisten."

Catherine griff in ihre Handtasche und legte eine Visitenkarte auf den Tisch.

"Danke für deine Zeit", antwortete Catherine höflich. "Als Künstler hatte ich gehofft, dass Sie offen für alle Kunstformen sind, die den menschlichen Körper betreffen. Wenn Sie neugierig sind, was ich tue, rufen Sie mich an. Ich hoffe immer noch, dass wir irgendwann zusammenarbeiten können. Ich wünsche Ihnen einen schönen Tag."

"Du auch. Danke, dass du gekommen bist. Ich entschuldige mich dafür, dass ich dir nicht helfen kann."

"Entschuldigen Sie sich nicht. Dies ist nicht jedermanns Sache. Auf die Rückseite meiner Karte habe ich den Betrag geschrieben, den ich für Ihre Dienste bezahlen würde. Denken Sie darüber nach."

Nachdem dies gesagt war, drehte sich Catherine um und verließ das kleine Arbeitszimmer.

Es war das ungewöhnlichste Angebot, das Julia erhalten hatte, seit sie ihr eigenes Fotobusiness gegründet hatte.

Sie war noch nie für etwas offen Sexuelles angefragt worden.

Er nahm die Karte und sah sie sich an.

Zu seiner Überraschung hatte Catherine eine leitende Position bei einer großen Investmentbank in der Stadt inne.

Julia drehte die Karte um und sah den Preis, den Catherine bereit war zu zahlen, und war überrascht.

KAPITEL 2

Später dachte er in dieser Nacht.

Vor dem Schlafengehen war Julia immer noch neugierig, obwohl ein Teil von ihr sich von Catherine fernhalten wollte.

Er ging zu dem Müll, in den er ihn geworfen hatte, und holte Catherines Visitenkarte heraus, die daraus einen Ball gemacht hatte.

Er faltete es auseinander und warf einen weiteren Blick darauf.

Dann ging er zu seinem Computer für eine kurze Überprüfung.

Nach einer kurzen Suche fand Julia Catherines LinkedIn-Seite.

Catherine war eine erfahrene Geschäftsfrau in leitender Position bei einer großen Investmentbank.

Die Menge an Erfahrung, die Catherine auf hohem Niveau hatte, war für Julia überraschend.

Julia setzte ihre Suche online fort und fand Catherines Facebook-Seite, die für alle offen war.

Er sah sich die persönlichen Fotos der Geschäftsfrau an.

Catherine war wunderschön, elegant, raffiniert und hatte eine gebieterische Ausstrahlung.

Julia fragte sich, warum eine solche Frau daran interessiert sein würde, explizite Fotos zu machen.

Aber offensichtlich haben sie alle ihre Geheimnisse, dachte Julia.

Die Intrige war genug, um Julia dazu zu bringen, ihre Meinung zu ändern.

Wie schmutzig könnten diese Bilder sein?

Sicherlich mussten sie geschmackvoll sein.

Er öffnete seine E-Mail und schrieb Catherine eine Nachricht:

"Hallo Catherine

Ich hoffe du hast Spaß. Ich bin Julia vom Fotostudio. Ich habe viel über Ihr Angebot nachgedacht und könnte meine Position zu diesem

Thema überdenken, wenn Sie immer noch an einer Zusammenarbeit mit mir interessiert sind. Aber zuerst habe ich ein paar Fragen. Gibt es einen angemessenen Zeitpunkt, an dem wir telefonieren können? Oder möchten Sie weiterhin per E-Mail kommunizieren? Gib mir Bescheid.

In acht nehmen,

Julia "

Er sah auf seine Uhr und es war schon fünfundzwanzig um elf.

Julia schaltete ihren Computer aus und warf einen weiteren Blick auf die Visitenkarte.

Er drehte es um und sah sich Catherines handschriftliche Notiz an: Fünfhundert Dollar pro Stunde.

Sie war erst neugieriger geworden, als sie ins Bett ging.

KAPITEL 3

Der nächste Morgen war ein typischer Morgen für Julia.

Wenn es in seinem kleinen Studio keine Leads oder Kunden gab, verbrachte er seine Zeit in der Dunkelkammer, um weitere Fotos zu entwickeln.

Es war eine mühsame Arbeit, aber sie hat es genossen.

Als er fertig war, verließ er den dunklen Raum und schaute auf seinen Laptop auf seinem Schreibtisch.

Es gab mehrere neue E-Mails.

Julias Augen suchten kurz die Liste der Nachrichten ab, von denen die meisten arbeitsbezogen waren.

Was seine Aufmerksamkeit sofort auf sich zog, war Catherines E-Mail-Antwort.

Sie öffnete es:

Julia

Ich bin froh, dass Sie mein Angebot überdacht haben. Am besten treffen wir uns persönlich, um dies zu besprechen. Komm Freitag um acht Uhr morgens in mein Büro. Ich werde einen Termin für die Rezeption vereinbaren und meine Sekretärin wird Sie hereinlassen.

Catherine "

Die kurze E-Mail war mehr als genug, um Julias Interesse erneut zu wecken.

Sie griff in ihre Handtasche, um Catherines Visitenkarte nach der Adresse ihres Büros in der Innenstadt zu durchsuchen.

Sie nutzte das Internet und suchte nach Wegbeschreibungen, um von zu Hause dorthin zu gelangen, und stellte sicher, dass ihr Zeitplan für Freitagmorgen klar war.

ZWEITER TEIL
Der Sklavenraum

21

KAPITEL 4

Julia stand nervös im Aufzug, als er in das große Gebäude stieg.

Sie trug ein Button-Down-Hemd mit einem Bürorock, um im Unternehmensumfeld angemessen auszusehen.

Als der Aufzug endlich den Boden erreichte, suchte Julia schüchtern nach Catherines Büro in der fremden Gegend für sie.

Als er sie fand, näherte er sich einer jungen Sekretärin, die ihn ins Büro erlaubte.

Er schluckte lautlos schwer, als er eintrat und bemerkte, dass er gerade Catherines Büroarbeit unterbrochen hatte, was auch immer es zu der Zeit war.

"Bitte nehmen Sie Platz", sagte Catherine höflich hinter ihrem Schreibtisch. "Ich bin froh, dass du deine Meinung über eine mögliche Beziehung geändert hast."

Julia setzte sich und entspannte sich.

"Nun, ich habe darüber nachgedacht und festgestellt, dass es wahrscheinlich etwas mit gutem Geschmack ist."

"Schauen Sie sich mein Büro an. Natürlich ist alles, was ich tue, geschmackvoll", sagte die Geschäftsfrau scherzhaft.

"Das kann ich definitiv sehen."

"Und ich bin sicher, das Geld, das ich anbiete, hat Sie überzeugt, ist das richtig?"

Julia wurde rot.

"Das ist ein Teil davon."

"Gut", stimmte Catherine zu. "Ich schätze deine Ehrlichkeit. Es ist keine Schande, mehr Geld zu wollen."

"Geld ist immer gut. Ich bin nicht gerade reich. Aber vor allem liebe ich die Kunst der Fotografie. Ich liebe es, Bilder von Menschen aufzunehmen, die ein Leben lang halten. Sie scheinen eine wirklich interessante Person zu sein und Ihre Geschichte mit meinen Fotos zu erzählen eine Gelegenheit, die er einfach nicht verpassen konnte. "

"Ich wusste, dass ich die richtige Frau für den Job ausgewählt habe", lächelte Catherine.

"Würde es Ihnen etwas ausmachen, mir eine Vorstellung davon zu geben, was Sie wollen? Ich verstehe Ihr Bedürfnis nach Diskretion in Anbetracht des Themas. Aber an diesem Punkt würde ich gerne wissen, worauf ich mich einlasse."

"Kennen Sie sich mit Sklaverei und dem BDSM-Lebensstil aus?"

Julia war überrascht.

"Ja bin ich."

"Was kannst du mir darüber erzählen?"

Julia dachte einen Moment nach.

"Nicht viel. Ich kenne nur die Klischees, die ich im Fernsehen sehe. Weißt du, Peitschen, Ketten, Leder. So etwas."

"Das ist nur ein kleiner Aspekt des Fetischs", erklärte Catherine. "Bei echtem BDSM geht es um Herrschaft und Unterwerfung. Es geht darum, die Macht zu verlieren und sich vollständig einer anderen Person hinzugeben. Natürlich sicher und einvernehmlich. Peitschen und Ketten sind lediglich Werkzeuge, um ein bestimmtes Ziel zu erreichen."

"Ist sie wie eine Geliebte oder so?" Fragte Julia schüchtern.

"Ich mag keine Etiketten. Aber ich denke, es würde zu dieser Beschreibung passen. Stört dich das?"

"Überhaupt nicht. Ähm, ich denke, weibliche Ermächtigung ist eine großartige Sache."

"Ich auch", stimmte Catherine zu. "Und Sie werden eine große weibliche Ermächtigung sehen, wenn Sie in mein spezielles Zimmer kommen. Die meisten meiner Subs sind mächtige Unternehmer in ihrem täglichen Leben. Sie machen sich die Mühe, mich dazu zu bringen, sie privat auf die Knie zu zwingen."

"Und Sie?"

"Was bin ich?"

"Reichen Sie auch ein?" Fragte Julia.

Catherine lächelte.

"Natürlich bin ich das. Ich würde das nicht tun, wenn ich nicht jede Sekunde lieben würde."

"Wie funktioniert das? Ich meine, kommen sie, um dich zu besuchen? Na und? Schlägst du sie oder so?"

"Ich habe einen speziellen Bondage-Raum auf meinem Dachboden", antwortete Catherine. "Ich treffe verschiedene Subs aus der Unternehmenswelt. Es ist exklusiv. Normalerweise an den Wochenenden. Nur für eine Stunde."

"Warum eine Stunde?" Fragte Julia.

"Meiner Meinung nach ist es die perfekte Zeit. Wenn es zu lange dauern würde, würden die Dinge auf schlimme Weise weh tun. Wenn es zu kurz wäre, gäbe es nicht genug Vorspiel, um Dinge zu bauen. Eine Stunde ist die perfekte Zeit zum Bauen. ein unglaublicher Höhepunkt ".

"Klingt provokativ."

"Warte bis du es siehst", sagte Catherine. "Ich trage eine goldene Maske. Es ist wie ein Alter Ego, das ich habe. Sobald die Maske auf ist, werde ich eine andere Person. Wenn die Leute denken, ich bin eine Schlampe im Büro, warten Sie, bis ich mit mir in meinem Bondage-Raum bin. mit der Maske und einer Peitsche in der Hand. Ich werde etwas ganz anderes. "

Julia fühlte sich von Catherine angezogen.

Es war eine neue Welt der sexuellen Freiheit, die nicht durch persönliche Hemmungen eingeschränkt war.

Ich habe es in gewisser Weise abgelehnt, aber gleichzeitig war es völlig faszinierend.

Ich konnte es kaum erwarten, es zu sehen und vor der Kamera festzuhalten.

"Du willst, dass ich die ganze Erfahrung fotografiere, oder?" Julia bat, es klar zu machen.

"Ich möchte, dass Sie alles außer den Gesichtern fotografieren. Diskretion ist von größter Bedeutung, da meine Unterwürfigen größtenteils wohlhabende Personen sind. Sie dürfen nicht wissen, wer sie sind. Sie werden die ganze Zeit maskiert."

Julias Finger zuckten.

"Ich werde ehrlich sein. Das alles scheint mir seltsam. Ich wurde noch nie gebeten, Teil von so etwas zu sein. Ich habe diese Dinge noch nicht einmal auf Video gesehen, was nicht bedeutet, dass ich keinen Porno gesehen habe. Es ist alles sehr neu für mich."

"Also beneide ich dich", antwortete Catherine.

"Wirklich warum?"

"Weil du das zum ersten Mal mit jungfräulichen Augen erforschen wirst."

"Das wird definitiv der Fall sein", antwortete Julia.

"Sag mir, bist du zufrieden mit deinem Sexleben?"

"Was meinen Sie?"

"Bist du sexuell zufrieden?" Fragte Catherine unverblümt. "Kommst du wie du willst? Möchtest du bessere Orgasmen haben? Möchtest du, dass jemand dich mit Leib und Seele verarscht?"

Julia war überrascht von den Fragen der angesehenen Geschäftsfrau.

"Mein Sexualleben könnte besser sein", gab er zu. "Ich bin Single. Ich bin schon lange nicht mehr zusammen. Es ist der persönliche Preis, den ich für die Führung meines eigenen Geschäfts zahle."

"Also masturbierst du wahrscheinlich viel."

"Mehr oder weniger."

Catherine nahm einen Stift und einen Notizblock und begann zu schreiben.

Als er fertig war, gab er Julia die Notiz.

"Das ist die Adresse meiner Wohnung", sagte Catherine. "Das nächste Shooting ist Samstagabend um 22:00 Uhr. Seien Sie nicht zu spät. Sie erhalten fünfhundert Dollar für die gesamte Stunde. Machen Sie Fotos von allem, was Sie wollen, außer Gesichtern oder allem, was zur Identifizierung von Personen verwendet werden kann. Die Bilder gehören ausschließlich mir. Bitte posten Sie sie nirgendwo. Meine Sekretärin hat einen Vertraulichkeitsvertrag und Formulare, die Sie unterschreiben können, wenn Sie mein Büro verlassen. Das ist alles für jetzt."

Julia stand auf.

"Danke. Ich freue mich auf unser Treffen am Samstag."

Catherine stand ebenfalls auf und die beiden Frauen gaben sich die Hand, um den Deal beiläufig abzuschließen.

"Noch eine Sache, trage ein schönes Kleid, wenn du rüber kommst. Ich möchte, dass du gut aussiehst."

Der Ausdruck auf Julias Gesicht veränderte sich.

In diesem Moment hatte er gerade gemerkt, worauf er sich einließ.

KAPITEL 5

Nach einem Treffen mit der Sekretärin zur Unterzeichnung der Formulare und Vereinbarungen verließ Julia schnell das Firmengebäude, um frische Luft zu atmen.

Sein Geist war eine Mischung aus Emotionen.

Ich war neugierig, aber ich war nervös.

Ich war fasziniert, aber widerstrebend.

Er erkannte, dass dies alles in Führung lag, aber es war zu spät, um umzukehren.

Sie hatte bereits ihr Wort gegeben, die Verträge unterschrieben und es gab kein Zurück mehr.

Die Straße in der Innenstadt war voll und sie beobachtete, wie die Angestellten des Unternehmens zu ihren Zielen gingen, während sie völlig nervös stand.

Julia sah ein kleines Straßencafé und ging zur Schlange.

Er brauchte dringend etwas Starkes zum Trinken.

In dem Moment, als Julia in der Warteschlange stand, hörte sie eine Stimme, die sie von hinten anrief.

Sie drehte sich um und sah Catherines persönliche Sekretärin mit einem Lächeln auf sich zukommen.

Die Sekretärin war überraschend jung, Mitte zwanzig und sehr schön.

"Habe ich vergessen etwas zu unterschreiben?" Fragte Julia, als sich die Sekretärin näherte.

"Nein. All das ist erledigt. Ich bin in meiner Pause und wollte mit dir reden."

"Oh warum?"

"Ich weiß, wofür Sie eingestellt wurden", sagte er. "Als Sie die Dokumente unterschrieben haben, sahen Sie verängstigt aus, als würden Sie einen Vertrag für Ihr Leben unterschreiben."

"Kannst du mir die Schuld geben, dass ich mich so fühle?"

Die Sekretärin lächelte.

"Es ist ein normales Gefühl. Ich weiß genau, was du durchmachst."

"Du weißt es?" Fragte Julia.

"Ja. Nehmen wir an, ich habe einen ausführlichen Interviewprozess durchlaufen, um meinen Job als Catherines Sekretärin zu bekommen."

Julia brauchte nicht lange, um die Verbindung herzustellen.

Er erkannte sofort, dass die schöne junge Sekretärin Catherine sexuell unterwürfig war.

Julia tat ihr Bestes, um nicht überrascht zu werden.

"Also du und Catherine?" Fragte Julia suggestiv und neugierig.

Die Sekretärin nickte stolz.

"Ich habe mich für den Job beworben, weil ich wusste, dass ich nicht für eine erstklassige Unternehmensfrau qualifiziert war. Aber ich dachte, ich hätte nichts zu verlieren. Sie hat mich persönlich interviewt. Ich fand, dass sie mein Aussehen mochte. Und bevor ich es wusste, unterschrieb ich viele aus den gleichen Dokumenten, die Sie gemacht haben. Dann hat sie mich in ihre private Abenteuerwelt gelassen. "

"Warum erzählst du mir das? Ich möchte nicht unhöflich klingen, aber das sind nicht genau die Informationen, die geteilt werden sollten."

"Sieht so aus, als ob du vielleicht einen Freund brauchst. Ich möchte nicht, dass du nervös bist."

"Danke", antwortete Julia. "Ich bin allerdings schon nervös. Ich kann nicht anders, als das Gefühl zu haben, einen großen Fehler gemacht zu haben. Ich bin mir nicht sicher, ob ich mit so einem Fetisch umgehen kann."

"Ich dachte das Gleiche, als ich anfing, mich auf sie einzulassen. Ich hatte Angst, als ich ihren Bondage-Raum zum ersten Mal sah. Meine

Hände zitterten, als wir den Prozess begannen. Aber jetzt kann ich nicht darauf verzichten."

"Warum hast du deine Meinung geändert?" Fragte Julia.

"Vergnügen."

KAPITEL 6

Samstag Nacht.

Julia ging mit ihrer Kamera in der Tasche in die Wohnung und trug ein gelbes Kleid, das sie speziell für diesen Anlass gekauft hatte.

Es war neun Uhr nachts.

Er kam eine Stunde vor dem Termin an, als er mit dem Aufzug fuhr.

Pünktlich zu sein war Teil des Jobs.

Als sie zu Boden kam, ging Julia zu Catherines Wohnung und rief an.

Er musste nicht lange warten, bis Catherine die Tür barfuß in einem Seidengewand öffnete.

Catherines Haare waren gut gepflegt, ebenso wie ihr perfektes Make-up.

"Du bist früh dran", lächelte Catherine.

"Ich komme immer gerne früh an. Ist es ein Problem? Ich kann immer etwas später zurückkommen ..."

"Nein, nein, es ist in Ordnung. Komm rein. Ich bin froh, dass du früh dran bist. Es gibt uns die Möglichkeit, noch mehr zu reden."

Julia betrat die Wohnung und staunte über alles.

"Schöner Ort", sagte Julia bewundernd. "Das ist wunderbar. Ich habe so etwas noch nie in der Stadt gesehen."

"Es wird heute Abend viele Dinge geben, die du noch nie gesehen hast."

"Ich bin sicher, du hast Recht. Kann ich dein Bondage-Zimmer sehen? Ich würde jetzt gerne ein paar Bilder davon machen."

"Noch nicht", antwortete Catherine. "Ich möchte, dass du Fotos machst, wenn alles beginnt, nicht vorher."

"Gut."

"Ein bisschen ängstlich?"

Julia dachte einen Moment nach.

"Etwas. Aber mir geht es gut. Ich bin auf jeden Fall neugierig. Ich war noch nie Teil von so etwas."

"Du bist der Typ Frau, der das genießen wird. Ich kann es fühlen."

"Was bringt dich dazu das zu sagen?"

"Ich mache das schon lange", antwortete Catherine. "Ich kann viel über die sexuellen Gewohnheiten der Menschen erzählen, indem ich sie mir nur ansehe. Nach heute Abend werden Sie sicher wiederkommen. Sie werden süchtig. Vertrauen Sie mir."

Julia fühlte sich plötzlich unwohl mit Catherines Annahme.

Sie versuchte professionell und ernst zu bleiben.

"Also, was kannst du mir heute Abend über den Gast erzählen?" Fragte Julia und wechselte das Thema.

"Er ist reich. Er ist ein langjähriger Freund von mir. Normalerweise bekomme ich geschäftlichen Rat von ihm, aber sexuell nimmt er seine Befehle von mir entgegen. Sie werden sein Gesicht nicht sehen und Sie werden seine Identität nicht kennen."

"Wann wird er ankommen?"

"Es ist hier", lächelte Catherine.

"Er ist ...?"

Catherine deutete den Flur entlang.

"Es ist in meinem Hauptraum. Wollen Sie, dass wir einen Blick darauf werfen?"

Beide Frauen gingen den Flur der luxuriösen Wohnung entlang.

Julias Herzfrequenz stieg an, als würde sie ein Cardio-Training machen.

Ihr Herz schlug schnell, als Catherine die Tür zum Hauptschlafzimmer öffnete.

"Da ist es", sagte Catherine.

Julia war fast schockiert, als sie einen Mann mittleren Alters auf dem Bett sitzen sah, der nur seine Unterwäsche trug.

Sein Gesicht und sein Kopf waren mit einer schwarzen Ledermaske bedeckt.

In ihm waren Löcher, damit er sehen und sprechen konnte.

Er sah Julia direkt an.

Sein Körper spiegelte ihr Alter wider und seine Figur war weich und prall.

Ihre Hände waren mit einem Seil zusammengebunden.

"Was denkst du?" Fragte Catherine mit einem bösen Lächeln.

"Ich weiß nicht was ich denken soll".

"Nun, hast du Angst vor dem, was ich ihm antun werde? Macht dich das irgendwie an? Du musst ein paar Ideen dazu haben."

"Es ist sicherlich ein sehr provokantes Bild."

Catherine lächelte.

"Wenn Sie denken, dass dies provokativ ist, warten Sie, bis die Show beginnt. Es ist jedoch noch nicht Zeit."

Er schloss die Schlafzimmertür und sie standen im Flur.

"In der Zwischenzeit", sagte Catherine und betrachtete den Körper des Fotografen. "Ich dachte, ich hätte dir gesagt, du sollst heute Abend ein schönes Kleid tragen."

Julia schaute kurz auf ihr billiges gelbes Kleid.

"Entschuldigung. Das war das Beste, was ich finden konnte."

"Es ist nicht gut genug. Folge mir."

Die beiden Frauen gingen in einen anderen Raum am Ende der Halle.

Es war ein Gästezimmer, das genauso beeindruckend war wie der Hauptraum.

Das Zimmer war ordentlich und das Bett schien frisch gemacht.

Catherine öffnete den Schrank und sah kurz durch die große Auswahl an teuren Kleidern.

Als er fand, wonach er suchte, warf er es auf das Bett.

Es war ein schlankes, elegantes schwarzes Kleid.

"Zieh es an", sagte Catherine. "Ich möchte nicht, dass du mehr als das trägst, nicht einmal deine Schuhe."

"Was ist mit meinem BH und Höschen?"

"Weder noch. Ist das ein Problem?"

Julia schüttelte den Kopf.

"Nicht."

"Gut. Zieh dich in diesem Raum an. Ich bin bald zurück, sobald ich meine Stiefel angezogen habe und diese Robe los bin."

"Gut."

"Bist du dafür bereit?" Fragte Catherine.

"Ich bin."

"Du siehst unbehaglich aus. Es ist in Ordnung, nervös zu sein. Aber wenn du nicht weitermachen willst, ist das auch in Ordnung. Ich kann immer jemanden finden und ich werde dich sogar für heute Nacht bezahlen."

Julia holte kurz Luft.

"Nein. Ich möchte das tun. Ich werde das Kleid anziehen und bereit sein, wenn du es bist."

"Ausgezeichnet", lächelte Catherine, bevor sie sich umdrehte, um wegzugehen.

Julia wurde allein im luxuriösen Gästezimmer gelassen.

Sie schaute auf das schwarze Kleid, das auf dem Bett lag und fragte sich, wie viel es wert sein würde.

Es schien teuer.

Sie senkte die Kamera, zog ihr gelbes Kleid aus und warf es auf das Bett.

Er zog seine Schuhe aus.

Schließlich zog sie, wie Catherine es verlangte, ihren BH und ihr Höschen aus und stand nackt im Raum.

Er starrte auf ihr nacktes Aussehen im Spiegel und bemerkte, wie normal sie aussah.

Sie nahm das schwarze Kleid, zog es an und sah sich dann wieder im Spiegel an.

Diesmal sah sie ganz anders aus.

Sie sah aus wie eine Frau von Klasse und Eleganz.

"Schön", sagte Catherines Stimme aus der Halle.

Julia war überrascht, dass sie sie beobachtet hatten, aber sie war sich nicht sicher, wie lange.

Seine Augen weiteten sich, als er Catherine in einem schwarzen Korsett und langen schwarzen Stiefeln sah.

Catherines Aussehen stand in krassem Gegensatz zu ihrer üblichen Berufskleidung.

"Oh danke", antwortete Julia ruhig. "Du siehst auch wunderschön aus."

"Jetzt ist die Zeit gekommen. Ich habe mein spezielles Zimmer aufgeschlossen. Es ist den Flur hinunter. Warten Sie dort mit Ihrer Kamera auf mich, und ich werde unseren besonderen Gast mitnehmen. Sie können die Bilder frei machen, wie Sie wollen. Ich werde es Ihnen nicht geben." Anweisungen, wie Sie Ihre Arbeit erledigen. Es liegt an Ihnen. "

"Dankeschön."

Catherine trat zur Seite und zeigte Julia an, dass es Zeit war, alleine in den Bondage-Raum zu gehen.

Julia atmete leise und ging mit ihrer großen Kamera in der Hand an Catherine vorbei und ging den Flur hinunter in den offenen Raum.

KAPITEL 7

Der Bondage-Raum war groß und die Wände waren mit schwarzen Polstern bedeckt.

Es war ein sehr gut beleuchteter Raum.

Julias Augen wanderten über die verschiedenen Sexartikel und Gadgets, die ausgestellt waren.

Es gab eine große Auswahl an Dildos, Sexspielzeugen, Ketten und Klammern.

Es gab einen Stuhl und einen Tisch im Raum, die die einzigen verfügbaren Möbel waren.

An der Wand hing eine große Uhr, um sicherzustellen, dass jede Sitzung genau eine Stunde dauerte.

Erst als sie das Geräusch von Catherines Absätzen hörte, die auf den Boden klickten, erinnerte sich Julia daran, dass sie einen bestimmten Job zu erledigen hatte.

Sie kamen an und Julia bereitete ihre Kamera zum Fotografieren vor.

Das erste, was Julia sah, als sie den Raum betrat, war der Mann mittleren Alters, dessen Hände immer noch gefesselt und dessen Gesicht immer noch bedeckt waren, um seine Identität zu schützen.

Julia machte ein Foto von ihm.

Dann betrat Catherine den Raum.

Er trug eine glänzende goldene Maske, die sein Gesicht bedeckte, aber seine Haare frei fallen ließ.

Die Maske sah aus, als wäre sie im 15. Jahrhundert für eine königliche Familie geschaffen worden, dachte Julia.

Julia machte Fotos von Catherine, die den Mann in den Raum führte und dann die Tür schloss.

Julia sah neugierig zu, wie der gefesselte Mann knien musste.

Catherine befahl ihm, auf die Knie zu gehen und zu schweigen.

Julia machte mehr Fotos.

Catherine ging zu ihrer Sammlung von Sexspielzeugen und suchte nach dem, was sie wollte.

Er entschied sich schließlich für einen langen fleischfarbenen Dildo.

Aber sie war noch nicht fertig.

Sie band den Dildo an einen Gürtel und legte ihn dann über ihr Lederkorsett.

Julia machte mehr Fotos.

"Bist du heute Nacht bereit?" Catherine fragte ihren unterwürfigen Mann.

"Mmm ... Hmmm ...", murmelte er als Antwort.

"Guter Junge", sagte Catherine in herablassendem Ton. "Jetzt will ich, dass dein kleiner Hintern über den Tisch gebeugt wird."

Der Mann stand auf und stellte sich auf den Tisch, den Bauch darauf und die Beine auseinander.

Der Mann bewies, dass er dies schon mehrmals getan hatte und dass er jeden Moment genoss, egal wie stürmisch oder erniedrigend die Erfahrung für einen normalen Menschen schien.

Catherine nahm eine kleine Holzschaufel und begann sanft auf den Hintern des Mannes zu klopfen.

Zuerst war es weich, als würde sie sich um sein Wohlergehen kümmern.

Mit der Schaufel begann er ihn härter zu schlagen, dann noch härter.

Der Mann begann mit dem Mund zu murmeln, als die Schläge intensiver wurden.

Julia fühlte sich fast schlecht für ihn, machte aber ihren Job und machte stattdessen Fotos.

„Magst du das, kleines Schwein?", Sagte Catherine und fuhr mit der Schaufel fort.

"Mmm ... Hmm ..."

"Ich habe noch etwas für dich."

Catherine legte die Schaufel hin und band die Hände und Knöchel des Mannes an verschiedene Ecken des Tisches.

Er wurde erwischt.

Sein ganzes Vertrauen wurde vollständig in Catherine gesetzt.

Es war nach seinem Willen und seiner Gnade.

Er schnappte sich eine Flasche Schmiermittel und bedeckte eine große Menge mit seiner Fingerspitze.

Julia machte Nahaufnahmen von Catherines geöltem Finger.

Dann machte Julia Nahaufnahmen des Fingers, der in den Anus des Mannes eindrang.

Er stöhnte, als er von Catherines Finger durchdrungen wurde.

Dann steckte er zwei Finger ein.

Dann drei.

Julia fragte sich, ob der Mann es genoss.

Aber das ging ihn nichts an.

Julias Aufgabe war es, ein Foto von der Penetration zu machen, und sie tat es, wobei die Kamera alles aufzeichnete.

Julias Magen sank fast, als sie sah, wie Catherine sich hinter dem Mann positionierte. Der große Penis an ihrer Taille zeigte direkt auf den ausgestreckten Hintern des Mannes.

Julia war bereit zu schreien und im Namen des hilflosen Mannes auf dem Tisch zu flehen.

Sie wollte diesen Wahnsinn in seinem Namen stoppen.

Aber sie tat es nicht.

Es war nicht seine Rolle.

Ihr Mund war ungläubig offen und sie senkte kurz die Kamera, damit sie das anale Eindringen mit ihren eigenen Augen sehen konnte.

Es war ein erschütternder Anblick.

Er hob die Kamera, zielte direkt auf die anale Penetration und machte weitere Fotos.

KAPITEL 8

Montag.

Es war früh am Morgen und Julia stand in ihrem dunklen Raum und entwickelte alle Fotos, die sie für Catherine gemacht hatte.

Insgesamt gab es mehr als zweihundert Bilder.

Die ersten Chargen waren fertig.

Die Bildqualität war gut und sie bewunderte ihre eigene Arbeit.

Er wusste, dass Catherine mit der Art und Weise, wie er den Bondage-Raum eroberte, zufrieden sein würde.

Er wusste, dass Catherine auch gerne hätte, wie der unterwürfige Mann gefangen genommen wurde.

Es gab Bilder, die Catherine in ihrem Outfit festhielten, und es gab Nahaufnahmen der goldenen Maske.

Julia schaute kurz auf den Rest der Filmstreifen, die sie genommen hatte.

Er betrachtete die Bilder des Mannes, der an dem Sexobjekt saugte, verprügelt und dann für eine lange Zeit vom großen Gürtel sodomisiert wurde.

Sein Herzschlag stieg.

Dann betrachtete er die Bilder des Mannes, der von Catherine erschüttert wurde.

Er hatte eine massive Ladung Sperma auf den Boden geschossen, die er dann mit seiner Zunge reinigen musste.

Julia spürte ein brennendes Gefühl zwischen ihren Beinen.

Sie war in ihrem dunklen Raum erregt, genauso wie sie in Catherines Bondage-Raum gewesen war.

Sie knöpfte ihre Hose auf und ließ ihre rechte Hand über ihr Höschen gleiten.

Er sah zu, wie der Film entwickelt wurde, der Mann saugte auf den Knien am Dildo und berührte sich sexuell.

Er erinnerte sich an alles, was er fühlte, als er zum ersten Mal alles sah.

Sie stellte sich vor, wie er sodomisiert wurde und Catherine ihn masturbierte.

Sie berührte sich und dachte an den Mann, der an Catherines Titten saugte.

Er dachte an all die verbal erniedrigenden Kommentare, die er gemacht hatte, und an die schwierige Situation, in die er gebracht wurde.

Dann stellte sich Julia in der Position des Mannes vor.

Sie fragte sich, ob sie es genießen könnte, einen Dildo zu lutschen und in einer so erniedrigenden Position sodomisiert zu werden.

Als sie in der Dunkelkammer einen Orgasmus hatte, wurde ihr klar, dass die Antwort ja war.

DRITTER TEIL
Goldene Maske und schwarzes Kleid

45

KAPITEL 9

Zwei Monate später trug Julia ein neues Kleid, als sie in Catherines Büro ging.

Sie hatten sie zu einem privaten Treffen eingeladen.

Als er ohne zu zögern zu Boden ging, führte er eine kurze Diskussion mit der Sekretärin und durfte Catherines Büro betreten.

Die beiden Frauen begrüßten sich mit einer Umarmung und saßen beide auf ihren jeweiligen Sitzen. Catherine saß hinter ihrem großen Schreibtisch und Julia saß ihr gegenüber.

"Ich kann ehrlich sagen, dass Sie der beste Angestellte sind, den ich je hatte", erklärte Catherine. "Das bedeutet etwas angesichts der Anzahl qualifizierter Mitarbeiter, die im Laufe der Jahre für mich gearbeitet haben."

Ein Gefühl des Stolzes überkam Julia.

"Danke. Ich gebe mein Bestes."

"Magst du es, mich als Arbeitgeber zu haben? Ich habe den Ruf, eine echte Schlampe zu sein, was verdient ist."

"Ich glaube nicht, dass du überhaupt eine Schlampe bist", antwortete Julia spielerisch. "Ich denke, Sie sind eine starke Frau. Und Sie sind mit Sicherheit der faszinierendste Arbeitgeber, den ich je hatte. Jede Woche ist eine erstaunliche Sache. Ich liebe es. Ich freue mich immer auf unsere Treffen."

"Nun, leider werden Ihre Dienste nicht mehr benötigt", sagte Catherine in einem direkten Geschäftston. "Sie haben Ihre Hausaufgaben erledigt und alle meine Unterwürfigen fotografiert. Ich denke, Sie haben einen wunderbaren Job gemacht. Ihre Arbeit hat meine Erwartungen weit übertroffen."

Julia war überrascht.

Er hatte es geliebt, Catherines geheimes Sexleben zu genießen, zu beobachten und zu fotografieren.

Am Samstagabend in ihre Wohnung zu gehen, war ihr Nervenkitzel der Woche.

Und er masturbierte jedes Mal privat, wenn er nach Hause kam.

Er hatte auch wöchentlich Catherines Gesellschaft geliebt.

"Na ja, ich bin froh, dass dir meine Arbeit gefallen hat", antwortete Julia und versuchte, nicht am Boden zerstört zu klingen.

"Ich bin nicht der einzige, der es mag. Alle meine männlichen Unterwürfigen sind sich einig, dass Sie mit Ihrem Foto einen außergewöhnlichen Job gemacht haben. Sie erhalten dafür einen beträchtlichen Bonus. Wenn Sie mein Büro verlassen, wird meine Sekretärin dies tun und Ihnen einen Umschlag geben. mit dem Geld ".

"Das ist sehr nett von dir."

Catherine lächelte.

"Es ist kein Problem."

"Gibt es eine Möglichkeit, dass ... wir ... damit weitermachen können?" Fragte Julia mit aller Zuversicht, die sie aufbringen konnte. "Als Fotograf denke ich, dass wir noch viel mehr Dinge erforschen können, die wir noch nicht getan haben."

Catherine hob eine Augenbraue.

"Wirklich? Also will der schüchterne kleine Fotograf weiter für mich arbeiten. Das ist interessant."

"Nun, ich interessiere mich für dein Hobby", gab Julia trotz ihrer selbst zu. "Es ist etwas Faszinierendes, und ich denke, wir haben gemeinsam großartige Arbeit geleistet, um Kunst zu machen."

Catherine dachte einen Moment darüber nach.

"Ich habe vielleicht noch etwas für dich. Keine Garantien. Aber es könnte außerhalb deiner Reichweite sein."

Julias Aufmerksamkeit wurde plötzlich geweckt.

"Was ist es?"

"Der Fetisch der Sklaverei ist in der Geschäftswelt häufiger anzutreffen als man denkt. Er ist bei mächtigen Männern sehr beliebt, weil sie es lieben, die Rollen zu wechseln. Sie lieben es, verführerischen Frauen die Kontrolle zu geben, nachdem sie alle die Chefin sind. der Tag. Interessieren Sie sich bisher?"

"Versicherung."

"Großartig. Ich werde mich mit den Veranstaltern in Verbindung setzen, um zu sehen, ob Sie mitmachen können."

"Veranstaltung?" Fragte Julia.

"Ja, es ist ein kleines Ereignis, das hin und wieder passiert. Es ist im Grunde eine Sklavenparty, bei der die Reichen und Mächtigen wirklich Spaß haben, wie Erwachsene."

"Das klingt nach etwas, das ich gerne sehen würde."

Catherine lächelte.

"Du hast keine Ahnung. Es ist so schmutzig und vulgär, dass jeder maskiert ist. Alles ist völlig diskret. Außerdem ist es eine Tradition."

"Was würde ich dort machen?"

"Machen Sie Fotos. Was wäre das noch? Vielleicht möchten die Veranstalter ein paar schöne Fotos für Souvenirs oder ähnliches."

"Das kann ich definitiv", antwortete Julia. "Um ehrlich zu sein, seit ich angefangen habe, Bilder von deinen Bondage-Sessions zu machen, scheint alles andere, was ich bei der Arbeit mache, im Vergleich sehr langweilig."

Catherine lächelte.

"Ich wusste, dass es dir gefallen würde. Du bist so ein Mädchen. Wenn du mich jetzt entschuldigst, habe ich in ein paar Minuten ein Date."

"Oh, natürlich. Danke für deine Zeit."

Julia stand auf und streckte ihre Hand für einen Händedruck aus, bevor sie ging.

"Noch eine Sache", fügte Catherine hinzu. "Meine anderen Freunde spielen nicht immer legal. Wenn du also weiter für mich arbeiten willst, musst du in Sicherheit sein."

"Ich bin sicher."

Catherine nickte.

"Das habe ich mir gedacht. Wir bleiben in Kontakt. Und wir melden uns bald bei Ihnen."

KAPITEL 10

Eine Woche später.

Es war früher Dienstagmorgen.

Julia wurde durch eine Reihe von Klopfen an der Tür geweckt.

Er stand auf, sah sich kurz im Spiegel an und öffnete die Tür.

Zu seiner Überraschung war es Catherines Sekretärin, die ein kleines Päckchen in der Hand hielt.

"Guten Morgen", sagte die Sekretärin mit einem strahlenden Lächeln.

"Guten Morgen, komm rein."

Die Sekretärin betrat die kleine Wohnung mit dem Paket und Julia schloss die Tür.

"Tut mir leid, Sie so früh zu stören", sagte die Sekretärin. "Ich bin den Rest des Tages beschäftigt, also war dies das einzige Mal, dass ich hatte."

"Mach dir keine Sorgen. Willst du einen Kaffee oder ein Getränk?" Fragte Julia.

"Mir geht es gut, vielen Dank."

"Also, was bringt dich heute Morgen hierher?"

"Catherine hat die Organisatoren der Veranstaltung kontaktiert", antwortete die Sekretärin. "Jeder liebt Ihre Arbeit und denkt, Ihre Fotos wären willkommen."

"Das sind großartige Neuigkeiten. Ich würde gerne teilnehmen."

"Es gibt jedoch eine Bedingung."

"Was ist es?" Fragte Julia.

"Das Bondage-Event ist exklusiv und es ist kein Fremder erlaubt. Daher benötigen Sie eine Einweihung, bevor Sie dort Fotos machen können."

Die Nachricht weckte Julia lauter als jede Tasse Kaffee.

"Was meinen Sie?"

"Es gibt einen Einführungsprozess für neue Mitglieder. Mir wurde gesagt, dass es keinen Weg daran vorbei gibt. Sie müssen, wenn Sie weiter für Catherine arbeiten möchten."

"Nun, was erfordert diese Einweihung? Etwas Extremes?"

"Es ändert sich jedes Mal", antwortete die Sekretärin. "Ich wurde vor ein paar Jahren initiiert und es war ziemlich ruhig. Aber für andere Leute, wow. Ich wünschte nicht, es wären sie gewesen."

Julia spürte plötzlich, wie sich ihre Gedanken drehten.

Er wollte den Job mehr als alles andere und er wollte Catherine nicht enttäuschen, indem er sich weigerte.

"Sag Catherine, dass ich es tun werde", sagte Julia.

Die Sekretärin lächelte und stellte das Paket auf einen Tisch in der Nähe.

"Sie wusste, dass Sie interessiert sein würden. Das ist für Sie."

"Was ist es?"

"Öffne es und du wirst sehen."

Julia hob den Deckel der Packung und sah eine goldene Maske auf einem dünnen schwarzen Tuch.

Die Maske war elegant und ähnlich der, die Catherine während jeder Bondage-Sitzung trägt.

"Wofür ist das?" Fragte Julia und nahm die Maske, um sie zu untersuchen.

"Du musst sie zu der Veranstaltung tragen. Sie ist der gleiche Typ wie Catherine, was die Leute wissen lässt, dass du ihr Gast und ihre Unterwürfige bist."

Julia sah ihn weiter an.

"Es ist eine schöne Maske."

"Das ist es sicherlich. Es gibt auch ein Outfit im Paket. Du musst es tragen. Nichts anderes als die Absätze."

Julia hob das dünne schwarze Tuch aus der Packung.

Es war völlig transparent.

"Darf ich sonst nichts darunter tragen?" Fragte Julia.

"Nein, nichts. Die Veranstaltung beginnt am Samstag um sieben Uhr nachmittags. Ein Fahrer wird Sie um sechs Uhr abholen. Seien Sie also vorbereitet. Sie dürfen einen Mantel tragen, der Ihren Körper bedeckt, wenn Sie zum Auto gehen, aber ziehen Sie ihn einmal aus Komm zur Veranstaltung. Vergiss nicht, deine Maske und deine Kamera mitzubringen. "

"Kann ich dir eine persönliche Frage stellen?"

"Sicher", antwortete die Sekretärin.

"Glaubst du, ich kann das durchstehen? Ich meine, denkst du, ich kann damit umgehen, was auf der Veranstaltung passiert?"

Die Sekretärin lächelte.

Es gibt nur einen Weg, es herauszufinden. "

KAPITEL 11

Samstag Nacht.

Die Aufzugstür öffnete sich und Julia ging schnell durch die Lobby ihres Wohnhauses.

Sie trug High Heels und einen großen Mantel.

Darunter trug sie das transparente schwarze Kleid und sonst nichts.

Er hielt das Paket mit der goldenen Maske und einer weiteren Schachtel mit seiner Kamera in der Hand.

Sie ging so schnell sie konnte, damit niemand sie sehen konnte.

Ein schwarzes Auto wartete auf sie, und der Fahrer hielt die Tür offen.

Als er ins Auto stieg, sah er Catherine auf dem Rücksitz sitzen.

Sobald Julia Platz genommen hatte, schloss der Fahrer die Tür und ging zu ihrem Ziel.

"Du siehst in diesem Outfit süß aus", sagte Catherine. "Es ist schön dich in etwas zu sehen, das etwas sexier ist als das, was du normalerweise trägst."

"Danke. Du siehst auch toll aus."

Julias Augen wanderten über Catherines Körper, der viel nackter war.

Catherine schämte sich nicht, im Auto zu sitzen und nur ein dünnes schwarzes Kleid zu tragen.

Jede Kurve an ihrem Körper war vollständig sichtbar und ihre großen braunen Brustwarzen waren durch das dünne Material zu sehen.

"Sie scheinen ein wenig nervös zu sein", sagte Catherine.

"Mehr oder weniger. Dieser ganze Prozess ist ziemlich einschüchternd für mich. Ich habe gehört, dass es eine Einweihung gibt, die ich durchmachen muss."

Catherine lächelte.

"Du hast das Richtige gehört."

"Kannst du mir wenigstens eine Vorstellung davon geben, was passieren wird?" Fragte Julia schüchtern.

"Ich fürchte nicht, Schatz. Aber mach dir keine Sorgen. Du bist in guten Händen."

"Ich hoffe es. Gott, das ist ein bisschen beängstigend."

"Warum bist du dann hier?" Fragte Catherine unverblümt. "Was ist der wahre Grund? Es muss mehr als professionelle Neugier sein. Gib es zu, du bist eine geheime Hure."

"Ich bin keine Hure."

"Dann sollte ich vielleicht den Fahrer bitten, dieses Auto umzudrehen und es zu Ihrer Wohnung zurückzubringen.

"Warte", antwortete Julia schnell. "Ich bin hier, weil mir gefällt, was du tust. Ich finde es aufregend. Ich möchte dich weiter beobachten."

"Hast du Fantasien mitzumachen? Hast du jemals daran gedacht, verprügelt zu werden und gezwungen zu sein, einen Gürtel in eines deiner engen Löcher mit dir zu tragen?"

"Ja, ich will."

Ein böses Lächeln erschien auf Catherines Gesicht.

"Natürlich. Ich wusste, dass du von dem Tag an, an dem ich in dein Studio ging, Einreichungspotential hattest. Normalerweise sind es die ruhigen Mädchen, die sich als die größten Schlampen herausstellen."

"Ich bin keine Hure."

"Die Einweihung sollte sich darum kümmern. Denken Sie daran, niemand zwingt Sie, hier zu sein. Sie können gehen, wann immer Sie wollen."

Ein Schauer der Angst und Aufregung wurde über Julias Wirbelsäule geschickt.

Er fragte sich, worauf Catherine sich bezog, aber Catherine drehte nur mit einem leichten Lächeln den Kopf und sah aus dem Autofenster.

VIERTER TEIL
Schmerz und Vergnügen

57

KAPITEL 12

Sicherheitstore wurden geöffnet und das Auto durfte das große Grundstück betreten.

Das Auto hielt vor einer Villa an, und die beiden Frauen stiegen aus.

"Hier setzen wir unsere Masken auf", sagte Catherine. "Und zieh deinen Mantel aus. Zeit, deinen schönen Körper zu zeigen."

Julia zog ihren Mantel aus und warf ihn ins Auto.

Eine leichte Windbrise erinnerte ihn daran, wie verletzlich er war.

Sie spürte, wie der Raum zwischen ihren Beinen von der kalten Luft prickelte.

Ihre rosa Brustwarzen versteiften sich nach einer zweiten Brise.

Julia schloss ihre Beine fest, um ihre Weiblichkeit zu verbergen.

Beide Frauen zogen ihre Goldmasken an.

Julia griff ins Auto und griff nach ihrer Kamera.

Sie schlossen die Türen und das Auto fuhr davon.

Der Eingang zum Herrenhaus wurde von zwei kräftigen Männern bewacht.

Sie trugen auch Masken und schwiegen, als sich die beiden Frauen ihnen näherten.

"Passwort, bitte", fragte einer der maskierten Sicherheitskräfte.

"Handtuch", antwortete Catherine.

"Sie können Damen fortfahren."

Der Wachmann öffnete die Tür und sie betraten die Villa.

Julia staunte über die Extravaganz des Gebäudes.

Es sah aus, als wäre es für eine königliche Familie gebaut worden.

An den Wänden waren Gemälde, Dekorationen und Sammlerstücke ausgestellt.

Der Eingang, durch den sie eintraten, war von einem großen roten Teppich bedeckt.

Sie gingen durch eine große Halle.

"Sie müssen eine Weile im Gästezimmer warten", sagte Catherine. "Jemand wird in Kürze nach dir suchen."

Julia holte tief Luft.

"Gut."

"Es wird dir gut gehen. Beruhige dich."

"Kannst du mir sagen, was passieren wird?" Fragte Julia. "Ich wäre weniger nervös, wenn ich es wüsste."

"Nein. Warten Sie im Raum, bis jemand für Sie kommt. Lassen Sie Ihre Maske auf und lassen Sie Ihre Kamera dort. Es wird genügend Zeit geben, um später Fotos zu machen."

Catherine öffnete die Tür und bedeutete Julia, den Raum zu betreten.

Das Gästezimmer war einfach, mit einigen Holzmöbeln.

Julia holte tief Luft und trat ein.

KAPITEL 13

Er verlor den Überblick darüber, wie lange er gewartet hatte.

Sie nahm nie ihre Maske ab.

Nachdem sie sich beim Sitzen und Warten gelangweilt hatte, stand Julia vor einem Spiegel und sah sich an.

Die Maske war sehr schön.

Und er konnte nicht aufhören darüber nachzudenken, wie ihre rosa Brustwarzen und ihre Vagina durch den dünnen Stoff des Kleides sichtbar waren.

Sie fragte sich und ihre Gründe, dort zu sein.

Bevor er mehr nachdenken konnte, klopfte es an der Tür.

Eine Frau trat völlig nackt ein und trug nur eine goldene Maske.

"Folge mir", sagte die nackte Frau mit leiser Stimme.

Julia folgte ihr aus dem Raum und in den Flur.

Es war dunkler geworden.

Viele der Lichter waren ausgeschaltet worden und es brannte eine große Anzahl von Kerzen in alle Richtungen.

Auf dem Flur stand eine Gruppe maskierter Menschen.

Einige waren nackt, andere trugen Anzüge.

Sie alle trugen Masken.

Sie standen im Kreis, in der Mitte stand Catherine.

Catherine war bis auf die Maske völlig nackt.

Es war das erste Mal, dass Julia Catherines völlig nackten Körper sah.

Julia bewunderte ihre straffe Figur und die üppigen Kurven mit den großen braunen Brustwarzen.

Julia wurde in die Mitte des Kreises geführt und stand direkt vor Catherine.

Die anderen maskierten Gäste im Raum schwiegen.

"Willkommen Julia", sagte Catherine. "Das Komitee hat beschlossen, sie in unseren privaten Club aufzunehmen. Es war keine leichte Entscheidung, aber die Qualität ihrer Arbeit und ihre Diskretion haben ihren Eintritt ermöglicht. Es gibt jedoch Bedingungen für diese Annahme. Möchten Sie wissen, was sie sind?"

"Ja", nickte Julia nervös.

"Erstens müssen Sie sexuelle Unterwerfung erfahren, damit die Gruppe sie sehen kann. Zweitens muss ich während des Prozesses fünfzehn Kleidungsclips an Ihrem Körper tragen. Schließlich müssen Sie in der nächsten Stunde mindestens zweimal zum Orgasmus kommen. Alle Bedingungen sind erfüllt Obligatorisch. Sie können sie akzeptieren oder gehen. "

Julia holte tief Luft.

"Genau."

"Sagen Sie uns, warum Sie akzeptieren. Warum möchten Sie, dass Ihnen so schmerzhafte und erniedrigende Handlungen angetan werden? Sie sind ein sehr süßes Mädchen."

Julia dachte einen Moment nach.

"Ihre Sitzungen in den letzten zwei Monaten zu sehen, hat mir die Augen für etwas Neues geöffnet. Ich möchte weiterhin ein Teil davon sein."

"Auch wenn es bedeutet, diese Einweihung durchlaufen zu müssen?" Fragte Catherine.

"Ja."

"Und was macht dich das?"

"In einer Hure."

Catherine nickte.

"Zieh dein Outfit aus. Zeig uns deinen schönen Körper."

Julias Wirbelsäule war kalt.

Trotz der Masken spürte Julia, wie alle Augen im Raum erwartungsvoll warteten.

Sie zog das durchsichtige Outfit auf die Füße und stand völlig nackt da.

Sie widerstand dem Drang, ihre Beine zu kreuzen, und ließ ihren glatt rasierten Schritt unbedeckt bleiben.

Sie widerstand auch dem Drang, ihre kleinen Brüste zu bedecken und ließ ihre rosa Brustwarzen herausspringen.

Catherine trat vor und war nur Zentimeter von Julia entfernt.

Er streckte die Hand aus, berührte Julias kleine Brust und streichelte sie sanft mit seiner Hand.

Er umkreiste die rosa Brustwarze mit seinem Finger und drückte sie fest.

"Ohh ...", keuchte Julia.

"Tue ich dir weh?"

"Ein bisschen."

"Hören wir dann auf?"

Julia wusste, dass sie ihr ein subtiles Ultimatum stellten.

"Nein. Bitte hör nicht auf."

Catherine drückte die Brustwarze noch fester und ließ Julia wieder nach Luft schnappen.

"Das mag dir vielleicht zuerst nicht gefallen. Aber du ..."

Eine maskierte nackte Frau kam auf sie zu und hielt ein Kissen mit einem kleinen Haufen Wäscheklammern in der Hand.

Catherine nahm einen der Clips, öffnete ihn und legte ihn auf Julias Brustwarze.

Langsam ließ er den Clip nach und nach die Brustwarze drücken.

Catherine ließ die Klammer los, die den Nippel fest zusammendrückte und ihn anschwellen ließ.

"Es tut sehr weh", sagte Julia mit leiser Verzweiflung.

"Willst du aufhören? Die Bedingungen sind nicht verhandelbar."

"Wie lange wird der Clip dort sein?"

"Bis du heute Abend zweimal zum Orgasmus kommst. Ich kann die Dinge beschleunigen, wenn du willst. Für einen Anfänger wie dich wäre es einfacher."

"Bitte..."

Catherine suchte nach einer anderen Wäscheklammer und benutzte sie gnadenlos an Julias anderer Brustwarze.

"Ahhh ...", schrie Julia.

"Das sind bisher zwei Clips. Noch dreizehn."

"Wo wirst du sie hinstellen?" Fragte Julia fast verängstigt.

Catherine beugte sich vor und flüsterte Julia ins Ohr.

"Wie wäre es mit deinen Schamlippen? Das ist der traditionelle Ort für eine Frau. Möchtest du aufhören zu leiden oder unserem Club beitreten?"

Es war der Punkt ohne Wiederkehr.

Julia entschied sich in einem Moment, obwohl ihre Brustwarzen wund waren.

Ihre Brustwarzen färbten sich dunkelrot statt rosa.

"Ich weigere mich aufzuhören."

"Dann leg dich auf den Rücken. Und spreize deine Beine."

Julia lag mit weit gespreizten Beinen auf dem Teppichboden auf dem Rücken.

Ihre Weiblichkeit war völlig entblößt und wartete auf den Schmerz der Kleidungsclips.

Catherine kniete nieder und nahm sich Zeit, um die Muschi vor sich zu untersuchen.

Sie studierte es und bewunderte es.

Catherine nahm eine Wäscheklammer, öffnete sie und hob die linke Seite von Julias Lippen.

"Das kann ein bisschen weh tun", warnte Catherine. "Du bist eine erwachsene Frau. Also benimm dich wie eine."

Mit diesen Worten der Vorsicht ließ Catherine den Clip grausam los, was dazu führte, dass sie plötzlich ihre Lippen zusammenzog und Julia schrie.

Catherine lächelte und griff nach einem weiteren Clip, diesmal und ließ ihn sanft an ihren Lippen los.

Der Druck des zweiten Clips bewirkte, dass die Lippen ihre Form änderten.

Catherine setzte den Vorgang fort, bis die linke Seite von Julias Lippen mit Wäscheklammern bedeckt war.

"Wie fühlt sich deine Muschi an?" Fragte Catherine.

Julia legte ihren Kopf auf den Teppich und bekämpfte den Schmerz ihrer Brustwarzen und Lippen, die von den Kleidungsklammern zusammengedrückt wurden.

"Es tut mir sehr weh".

"Es zeigt, dass Sie ein Mensch sind. Ich bin stolz darauf, dass Sie so lange bestehen. Ihre Initiation ist schwieriger als die der meisten anderen, weil Ihre finanzielle Erfahrung nicht mit unserer identisch ist und Sie keine Geschichte der Sklaverei haben."

"Ich verstehe es."

"Gute Schlampe. Der schwierige Teil ist fast vorbei."

Catherine griff nach einem weiteren Kleidungsclip und legte ihn diesmal sanft auf Julias rechte Lippen.

Julia wich nicht mehr zurück und stöhnte nicht.

Sie hatte sich bereits an die Schmerzen in ihren sensiblen sexuellen Bereichen gewöhnt.

Das Muster wurde fortgesetzt, bis alle Clips an Julias Muschi verwendet wurden.

Die einst süße und attraktive Vagina war plötzlich deformiert.

Die Vaginallippen waren wie Ton in verschiedene Richtungen gespannt.

Catherine schaute in Julias rosa Muschi und sah, dass sie nass war.

"Du bist bereit für deinen ersten Orgasmus", sagte Catherine. "So ist es nicht?"

"Ich bin."

Catherine peitschte ohne Vorwarnung die Mitte von Julias Muschi.

Der Schock ließ Julia in einer seltenen Kombination aus Schmerz und Vergnügen aufschreien.

Die Prügel von Julias Muschi gingen weiter, bis Catherines Fingerspitzen mit Vaginalflüssigkeiten bedeckt waren.

"Du bist durchnässt, meine Liebe", sagte Catherine. "Ich denke du bist bereit."

Damit steckte Catherine zwei Finger in ihre Fotze und benutzte die Finger ihrer anderen Hand, um mit Julias Kitzler zu spielen.

Es war eine kraftvolle Kombination.

Seine Finger waren geschickt darin, andere Frauen sexuell zu erfreuen.

Mit den Fingern wurde auf besondere und geschickte Weise gearbeitet.

Julia stöhnte vor Vergnügen.

Sie kümmerte sich nicht mehr um die Gruppe maskierter Menschen, die sie beobachteten.

Zu diesem Zeitpunkt konnte sie nur an das brennende Gefühl in ihrer Muschi und ihren Brustwarzen denken.

Die Finger setzten ihre hektische Arbeit fort.

Catherine ging schneller und schneller mit mehr Intensität.

Julias Körper zitterte.

Sie stöhnte.

Catherine hatte das Gefühl, dass Julia kurz vor ihrem ersten Orgasmus stand, also arbeitete sie noch härter und berührte ihre heiße Muschi.

Julia wand sich, stöhnte und ihr Rücken krümmte sich.

Julia stieß einen lauten Schrei aus und ihre Finger kräuselten sich, dann entspannte sich ihr Körper.

"Das ist der erste Orgasmus bisher", lächelte Catherine und schaute auf ihre Finger, die mit Muschisaft bedeckt waren. "Jetzt ist die Zeit für den zweiten Orgasmus. Aber das wird etwas schwieriger. Du kannst aufhören, wann immer du willst. Fertig?"

"Ja."

Catherine schnippte mit den Fingern und zwei maskierte nackte Frauen kamen und wickelten Lederriemen um Julias Hände und Knöchel.

Julia wurde geführt, sich umzudrehen, so dass sie auf den Knien war.

Sie streckten Julias Hände und Knöchel aus und hängten sie an Haken am Boden.

Julia war verdeckt, völlig gefesselt und wehrlos.

"Dein letzter Test ist achtzehn Zoll an deinem Hintern. Mach dir keine Sorgen, Kitty, ich werde viel Schmiermittel für dich verwenden."

Julias Augen weiteten sich.

Die Bondage-Gurte an seinen Handgelenken und Knöcheln waren eng und er konnte nirgendwo hingehen, es sei denn, er beschloss aufzuhören, was seine Beziehung zu Catherine dauerhaft beenden würde.

Sie weigerte sich aufzugeben, selbst als sie spürte, wie Catherines Finger in ihren Arsch drückten.

Die Finger waren dick geschmiert.

Die Finger tasteten ihren kleinen Anus so weit sie konnten ab.

Catherine war nicht sehr nett.

Es war alles Geschäft für sie.

Also legte Julia einfach ihr maskiertes Gesicht auf den Boden und akzeptierte das Eindringen des Fingers in ihren Arsch.

"Ich werde den Riemen am Penis benutzen, den ich so oft bei meinen Unterwürfigen gesehen habe", sagte Catherine und beugte sich über Julias Körper. "Ich werde zuerst langsam fahren, aber ich hoffe du folgst später meinem Rhythmus."

Zu dieser Zeit hatte Julia Erinnerungen an all die maskierten Männer, die von Catherines verschiedenen Gürteln anal gefickt worden waren.

Julia hatte sich schon so oft vorgestellt, unterwürfig zu sein.

Aber sie hatte nie gedacht, dass es ihr tatsächlich passieren würde.

Die Spitze des Gurtes drückte fest gegen Julias Anus.

Catherine benutzte ihre Hände, um Julias Gesäß zu spreizen und das Sexobjekt in das kleine Loch eindringen zu lassen.

Julia stöhnte laut, als das Objekt in ihren Körper eindrang.

Es gelangte langsam in ihr Rektum.

Sie biss die Hände zusammen und biss die Zähne zusammen.

Als das Objekt seine langsame Reise in ihrem Arsch fortsetzte, öffnete sie den Mund und stöhnte auf.

Er fuhr fort, bis Catherines Schritt gegen seinen Rücken drückte.

"Tapferes Mädchen", sagte Catherine in Julias Ohr. "Die meisten Leute hätten inzwischen aufgehört. Nicht Sie. Sie sind fast fertig. Das wird sich in einem Moment gut anfühlen."

Catherine zog sich langsam aus Julias Rektum zurück, gab dann einen sanften Stoß und stieß ihn noch einmal tief hinein.

Er benutzte den Rhythmus langsam entsprechend Julias Spannung.

Jeder Stoß brachte Julia zum Stöhnen.

Julia sah sich im Raum um, als sie sodomisiert wurde.

Die maskierten Gäste schwiegen und sahen sich die Show an.

Er fragte sich, was sie von ihr halten würden.

Er fragte sich, ob sie aufgeregt waren.

Er fragte sich, ob sie auch in seinen Arsch wollen.

Der Stoß in Julias Arsch ging weiter.

Der Schmerz wurde bald von Vergnügen verbunden.

Ihre Brustwarzen und ihre Muschi waren immer noch wund von den Clips an ihren Kleidern.

Der Schmerz wuchs weiter, aber das Vergnügen glaubte auch mit gleicher oder größerer Intensität.

Ihr Anus schmerzte immer noch von dem 6-Zoll-Sexspielzeug, und sie war nicht ganz daran gewöhnt.

Aber in ihr wuchs ein seltsames Vergnügen.

Es war aufregend, von allen gesehen anal gefickt zu werden.

Es war sensationell.

Die Stöße wurden schneller und tiefer.

Catherine zeigte weniger Gnade und weniger Zärtlichkeit und er begann wirklich unhöflich gegenüber Julia zu sein.

Julia wurde wie eine von Catherines Unterwürfigen behandelt, was ein Kompliment an Julia war.

Das bedeutete, dass Catherine wusste, dass Julia stark und würdevoll genug war, um eine anale Bestrafung zu erhalten.

"Ich kann spüren, wie dein Orgasmus näher kommt", sagte Catherine, als sie drückte. "Komm für mich, Liebes. Tu es und trete unserem Club bei."

"Ich versuche es", keuchte Julia.

"Vielleicht hilft das, Kitty."

Catherine griff darunter und begann mit Julias Kitzler zu spielen, während sie sie sodomisierte.

Julias Sexualität wurde von allen Seiten angegriffen.

Ihre Brustwarzen schmerzten.

Seine Lippen schmerzten.

Sein Anus und sein Rektum wurden gnadenlos geschlagen.

Jetzt wurde ihr empfindlicher Kitzler massiert.

"Oh mein Gott!!!" Julia stöhnte.

Der Rücken der jungen Frau krümmte sich heftig, und ihre Hände und Füße ballten sich mit aller Kraft.

Flüssigkeiten sprudelten aus ihrer Muschi und bedeckten den Boden.

Zum zweiten Mal trat er erneut vor alle.

"Herzlichen Glückwunsch", sagte Catherine und rieb sich Julias Haare. "Sie sind jetzt Mitglied unseres Clubs."

Catherine entfernte langsam das Sexspielzeug von Julias Hintern und stand auf.

Sie beobachtete Julia auf dem Boden.

Julia war von der Zeit sexuell erschöpft und kehrte langsam zu sich zurück.

Die anderen maskierten Frauen kamen, um Julia zu lösen und die Klammern von ihren Brustwarzen und ihrer Fotze zu entfernen.

Julia stand auf und die anderen maskierten Gäste im Raum klatschten ihrem neuesten Mitglied zu.

EPILOG

Sechs Monate später.

Julia trug ein schönes Kleid, während sie im Aufzug wartete.

Sie hielt einen großen gelben Umschlag in der Hand.

Als er seine Wohnung erreichte, begrüßte er die Sekretärin mit einem vertrauten Lächeln.

Dann ging er in Catherines Büro.

Witze wurden ausgetauscht und Catherine öffnete den Umschlag, um die neu entwickelten Bilder zu betrachten, während sie sich beide hinsetzten.

"Du hast dich selbst übertroffen", sagte Catherine und sah sich die Fotos an. "Exquisite Arbeit. Die Kamerawinkel, die Beleuchtung, das Wetter. Diese sind perfekt. Unsere Freunde im Club werden sie lieben."

"Danke. Ich hoffe es gefällt euch."

"Es ist eine Schande, dass diese Bilder privat bleiben müssen. Ihr Talent als Fotograf sollte von viel mehr Menschen anerkannt werden."

"Ihre Anerkennung ist genug", sagte Julia kühn.

Catherine lächelte.

"Was für ein süßes Mädchen."

"Ich habe gesehen, wie mein Scheck auf den Schreibtisch der Sekretärin gelegt wurde. Ich bin sicher, es ist eine weitere großzügige Zahlung, für die ich sehr dankbar bin. Aber heute habe ich etwas mehr erwartet ... extra ..."

Catherine bückte sich in ihrem Büro, um ihr Höschen unter ihrem Rock auszuziehen.

"Sehr gut. Sie haben 30 Minuten vor meinem nächsten Treffen."

"Dankeschön."

Julia näherte sich beiläufig dem Schreibtisch.

Sie versuchte ihre Ungeduld zu verbergen, aber beide wussten, wie Julia sich wirklich fühlte.

Catherine spreizte die Beine und sah, wie Julia auf die Knie ging.

Das Limit war dreißig Minuten, also verschwendete Julia keine Zeit damit, die Muschi ihrer dominanten Herrin zu essen, bis sie den Punkt des Orgasmus erreichte.

.

ENDE

73

www.ingramcontent.com/pod-product-compliance
Lightning Source LLC
Chambersburg PA
CBHW021750150726
47989CB00004B/1591